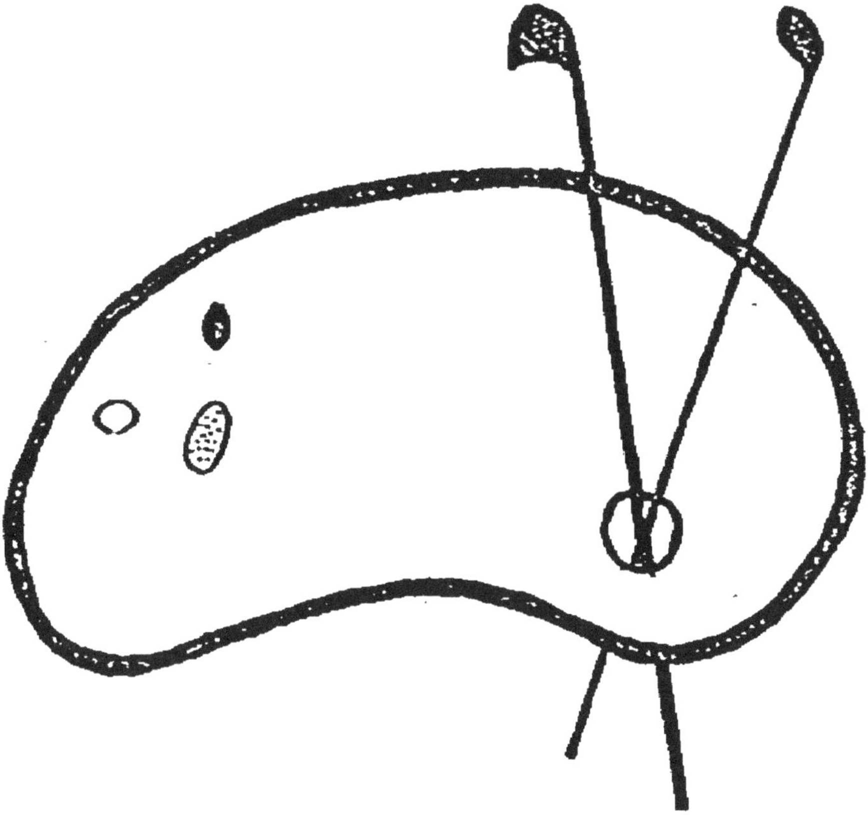

DEBUT D'UNE SERIE DE DOCUMENTS
EN COULEUR

LEFEBVRE-HENRI

à

Pierre Corneille

A-PROPOS EN VERS

Dit à la *Comédie française*, le 6 juin 1896

PAR Mlle ADELINE DUDLAY

A l'occasion du 290e anniversaire de la naissance de CORNEILLE

PARIS

Edmond Girard, Imprimeur-Éditeur

8, RUE JACQUIER, 8

EXTRAIT DU CATALOGUE

DE LA

LIBRAIRIE EDMOND GIRARD

P. BERTHON
Rêve aux étoiles. Poésie illustrée par l'auteur   1 fr.

E. COUTANCES
Neigefleur. Drame . . . . 1 »
Fleurs de jeunesse. Poésies. (Épuisé.) . . . . 1 fr. 50

J. DECLAREUIL
Prestiges. Poésies . . . . 3 »

R. DE GOURMONT
Lilith. (Prix majoré.) . . . . 5 »

A. & J. DES GACHONS
Le Prince naïf . . . . 2 fr. 50

DIVERS AUTEURS
Essais d'Art Libre. 33 fascicules formant
   5 volumes. Chaque volume (Prix majoré.) 5 »
L'Album des Légendes. 1 vol. illustré . . . . 10 »
Portraits du prochain Siècle. Tome I. . . . . . 3 »

CH. ESQUIER
Mort en mer. Poème . . . . 0 fr. 50

J. GAMBIER
Entre deux Stations. Nouvelles . . . . 3 »

ALPH. GERMAIN
Pour le Beau. Essai de callistique . . . . 3 »
Notre Art de France. Étude . . . . 2 »
Du beau moral et du beau formel . . . . 2 »

CH.-H. HIRSCH
Légendes naïves. Poésies . . . . 3 »

A. LIGER
Margalla. Nouvelle illustrée . . . . 3 »

H. MAZEL
Vieux . . . . Comédie . . . . 3 fr 50
Saint Antoine affirme . . . . 2 »

A. PELLETIER
Illusion. Roman . . . . 3 fr. 50
L'Amour triomphe. Poème dramatique . . . . 2 »

A. SABATIER
Le baiser de Jean. Drame en vers . . . . 2 »

E. SOUBEYRE
Au Royaume d'Ève. Poésies . . . . 3 »

A. VILLEROY
Hérakléa. Drame en vers, en trois actes. . . 2 »

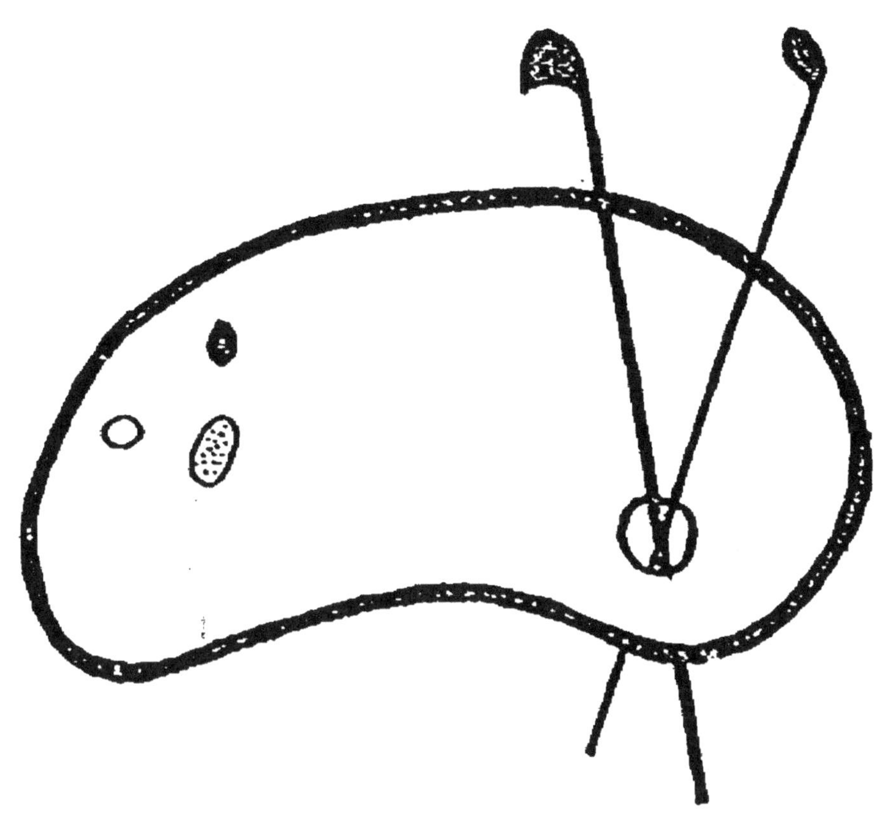

FIN D'UNE SERIE DE DOCUMENTS
EN COULEUR

à Pierre Corneille

Tiré à 300 exemplaires, dont 6 japon français blanc,

numérotés et hors commerce :

Exemplaires sur papier ordinaire . . . . . . o fr. 50

N°

LEFEBVRE-HENRI

à

Pierre Corneille

A-PROPOS EN VERS

Dit à la *Comédie française*, le 6 juin 1896

PAR Mlle ADELINE DUDLAY

À l'occasion du 290e anniversaire de la naissance de CORNEILLE

PARIS

Edmond Girard, Imprimeur-Éditeur

8, RUE JACQUIER, 8

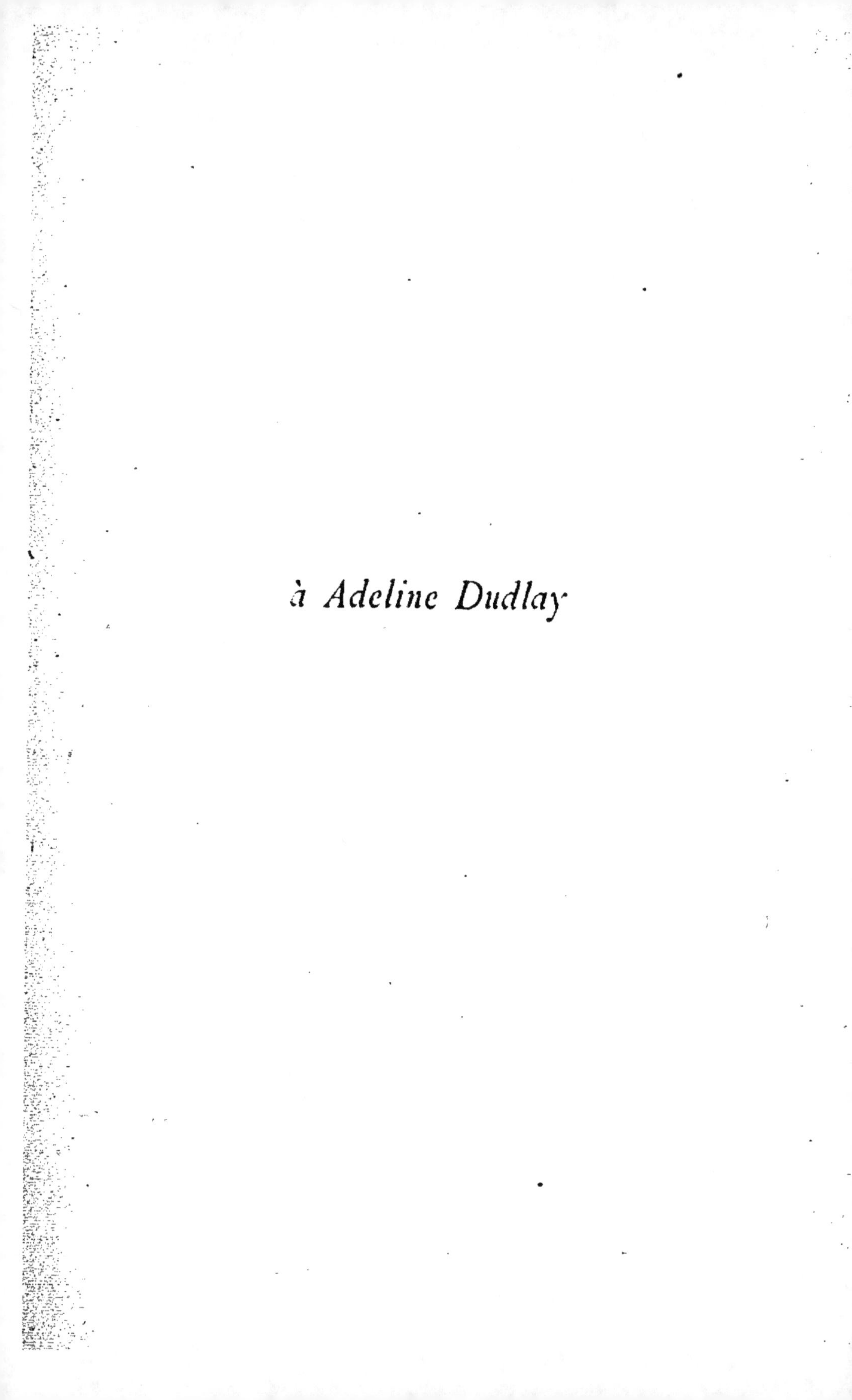

à *Adeline Dudlay*

à Pierre Corneille

Maitre, s'il est permis qu'un souvenir renaisse
Lorsque nous te voyons d'honneurs environné,
Laisse-nous rappeler ce temps de ta jeunesse
Où le rude labeur te tenait enchaîné.

Ce temps où, tristement, ta grande âme asservie
Semblait sur cette terre avoir fixé son sort,
Ce temps où tu subis les rigueurs de la vie
N'osant te décider à prendre ton essor.

En vain tu renfermais la divine semence,
Rien ne saurait germer sans la clarté du jour;
Dans la nuit de ton front dormait ton œuvre immense,
Qui donna son bourgeon sous un rayon d'Amour.

A l'astre du Génie il faut un satellite :
L'Amour. — Nul, ici-bas, ne s'élève sans lui !
Sur ton obscur chemin tu rencontras Mélite,
Ton cœur se mit à battre et ton étoile a lui.

Aussitôt, dissipant l'obscurité première,
L'éclair de son regard enflamme ton ardeur,
Tu chantes ta maîtresse, et ce chant de lumière
Annonce à l'univers l'aube de ta splendeur.

Le poète immortel soudain venait d'éclore !
Déjà la Renommée accompagnait tes pas,
Mais dans l'enivrement de ta brillante aurore,
Tu cours en téméraire à de plus durs combats.

Montant, montant toujours dans un élan superbe,
Domptant la passion sous ton mâle pouvoir,
Des vertus des héros tu moissonnes la gerbe,
Sachant à l'Amour même opposer le Devoir.

Tu voles aux sommets où devant les yeux s'ouvre
L'espace délivré d'un horizon banal,
Et l'aile de l'Amour qui dès lors te recouvre
Épanouit ton âme aux champs de l'Idéal.

Dans la femme le ciel mit toute force humaine.
Puisant avec largesse aux trésors de son cœur,
Le feu dont a brûlé Rodrigue pour Chimène
Éclate radieux à ton accent vainqueur.

Français, tu veux montrer, comme exemple à ta race,
Les farouches exploits des temps évanouis
Où Camille périt par le glaive d'Horace,
Impétueuse amante immolée au pays;

Où Cinna, que commande une vengeance ancienne,
Pour venger sa famille arme son bras puissant;
Où Polyeucte enfin meurt dans la foi chrétienne
En offrant à Pauline un baptême de sang.

Cet hymne de bravoure et de noble espérance
D'un siècle merveilleux a tracé le chemin
Et dicté leur devoir à tes frères de France
Dont les enfants seront nos héros de demain!

— A l'heure où, vieillissant, l'illusion s'envole,
L'Amour qui te restait fidèle te blessa :
Dans l'éblouissement de sa beauté frivole,
Troublante en ses atours, Célimène passa.

Justement orgueilleux de ta gloire conquise,
Tu crus, grâce au passé, vaincre mille refus,
Mais celle qu'en tes vers tu nommes la Marquise
Dédaigne ta tendresse oubliant qui tu fus.

Pour des yeux de vingt ans la vieillesse est un crime
Et les rides au front sont un épouvantail!
La coquette, insultant à ton esprit sublime,
Brise ton fol espoir d'un seul coup d'éventail.

Le poëte offensé fièrement se relève,
Et, laissant le champ libre à d'indignes rivaux,
S'efforce de chasser l'amertume d'un rêve
Qui se change au réveil en des lauriers nouveaux.

Malgré tes cheveux blancs, ta Muse rajeunie
Du trait qui te frappait sentant son cœur touché,
Couronne le robuste hiver de ton Génie
De la plus douce fleur de son printemps : Psyché!

L'Amour, qui commença ton œuvre sans pareille,
Te garde aux derniers jours son souffle créateur,
Aussi nous saluons, ô Maître, ô grand Corneille,
Et la source de gloire et le triomphateur.

Achevé d'imprimer par Edmond Girard,

le 24 juin 1896.

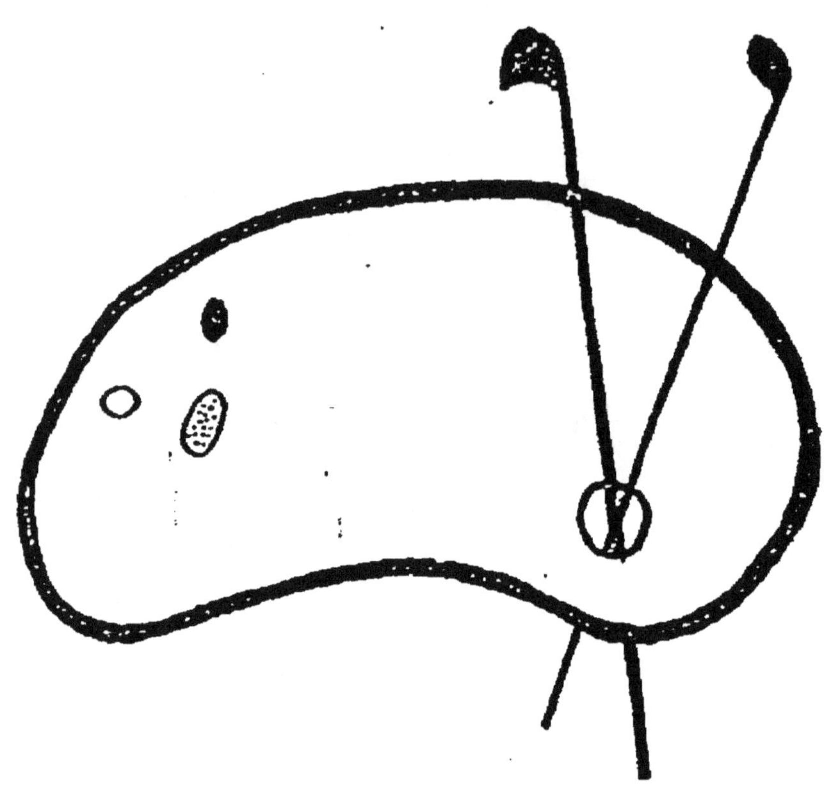

ORIGINAL EN COULEUR

NF Z 43-120-8